(N° 167) *Vente du Mardi 15 Décembre 1908*

HOTEL DROUOT — SALLE N° 9

N° 95 du Catalogue.

ESTAMPES

DES ÉCOLES FRANÇAISE ET ANGLAISE DU XVIIIe SIÈCLE

ESTAMPES JAPONAISES

Me ANDRÉ DESVOUGES
26, Rue de la Grange-Batelière

M. LOYS DELTEIL
2, Rue des Beaux-Arts

N° 51 du Catalogue.

CATALOGUE

DES

ESTAMPES

ANCIENNES

DU

XVIIIe SIÈCLE

ET DES

ESTAMPES ET AQUARELLES JAPONAISES

Dont la vente aura lieu

à Paris, HOTEL DROUOT, Salle N° 9

Le Mardi 15 Décembre 1908

à 2 heures précises

Par le Ministère de Mᵉ ANDRÉ DESVOUGES

Successeur de Mᵉ MAURICE DELESTRE

COMMISSAIRE-PRISEUR

26, rue de la Grange-Batelière

Assisté de M. LOYS DELTEIL, Artiste-Graveur, Expert

2, Rue des Beaux-Arts

CONDITIONS DE LA VENTE

Elle sera faite au comptant.

Les adjudicataires paieront *dix pour cent* en sus des enchères.

M. Loys Delteil remplira les commissions que voudront bien lui confier les amateurs ne pouvant y assister.

MM. les amateurs pourront visiter la collection, 2, *rue des Beaux-Arts*, du Mercredi 9 au Lundi 14 Décembre 1908, le *Dimanche excepté*, de 2 heures à 5 heures.

N° 106 du Catalogue.

DÉSIGNATION

ALIX (P. M.)

1. Voltaire en habit rouge, d'apr. Garnerey. Très belle épreuve *imp. en couleurs* (très légères piqûres).

2. Corday (Charlotte), ovale in-4. Très belle épreuve, *imp. en couleurs.*

3. Napoléon Bonaparte 1er Consul, d'apr. Appiani, 1802. Très belle épreuve, *imp. en couleurs.*

4. Bernadotte, d'apr. H. Le Dru. Belle épreuve.

5. Bossuet — Buffon. Deux pièces. Belles épreuves *avant la lettre, imp. en couleurs* (pli à la 2e pl.).

6. Descartes — La Bruyère — Montesquieu. Trois pièces. Belles épreuves, *imp. en couleurs.*

AUBRY (d'après Etienne)

7. Les Adieux de la Nourrice, par R. De Launay. Très belle épreuve, *avant la dédicace.*

BALÉCHOU (J. J.)

8. La Tempête, d'apr. J. Vernet. Belle épreuve.

9. Baléchou (J. J.), par Cathelin, d'apr. Arnavon — Espagne (Don Philippe, Infant d'), d'apr. Viali — De Gaillard (P. J. Laurens), d'apr. Vanloo. Trois pièces. Belles épreuves.

BAUDOUIN (d'après P. A.)

10. Les Amours champêtres, par Choffard (7), épr. manquant un peu de conservation.

11. Les Amants surpris (4). Belle épreuve (légères épidermures).

12. Les Amours champêtres (7). Belle épreuve (petites épidermures).

13. Le Carquois épuisé, par N. De Launay (11). Superbe épreuve, de la collection Bayard.

14. L'Epouse indiscrète, par N. De Launay (21). Très rare épreuve à l'état d'eau-forte (sans marges).

15. Marchez tout doux, parlez tout bas, par P. P. Choffard (30). Superbe épreuve.

16. Annette et Lubin — Le Curieux. Deux pièces par Ponce et Malœuvre. Belles épreuves de tirage postérieur.

BENWELL (d'après J. H.)

17. Les Enfants dans le bois, par Sharp et Byrne. Belle épreuve (petites marges).

BOILLY (d'après L.)

18. L'Amant favorisé, par A. Chaponnier. Belle épreuve, *avec la 1re adresse.*

19. La Douce résistance, par S. Tresca. Belle épreuve, *avec la 1re adresse.*

20. L'Optique, par Cazenave. Belle épreuve, *imp. en couleurs.* Encadrée.

21. L'Optique — L'Amour couronné. Deux pièces par Cazenave, se faisant pendants. Belles épreuves (très légèrement rognées sur les côtés).

22. Le Portrait chéri, par A. Chaponnier. Superbe épreuve, *avant la lettre.*

BONNET (L. M.)

23. La Tendre Mère, d'apr. Lagrenée. Belle épreuve, *imp. en couleurs.*

BOUCHER (d'après F.)

24. Les Amusemens de la Campagne — La Musique pastorale. Deux pièces par J. Daullé, se faisant pendants. Superbes épreuves.

25. La Confidence, par Bonnefoy. Belle épreuve, *imp. en couleurs* et *rehaussée.*

26. Diplôme des Francs-Maçons de Bordeaux, par P. P. Choffard, 1766 (190). Très belle épreuve *avant la lettre*.

27. Femme assise sur un lit, par Demarteau (n° 45). Belle épreuve, *imp. en sanguine*.

28. Le Goûter de l'Automne, par R. Gaillard. Belle épreuve.

29. La Muse Clio — La Muse Erato. Deux pièces par J. Daullé, se faisant pendants. Superbes épreuves.

30. Les Saisons, Suite de 4 planches par Duflos. Belles épreuves.

BOURGEOIS DE LA RICHARDIÈRE

31. Alexandre Ier, Emp. de Russie, d'apr. A. Desnoyers. Très belle épreuve.

CHARDIN (d'après J. B. S.)

32. La Gouvernante, par Lépicié (24). Belle épreuve.

33. La Ratisseuse (46 B). Belle épreuve.

COCHIN FILS (C. N.)

34. Boissy (L. de) — Caylus (Cte de) — Chauvelin (H. P.) — La Place (P. de) — La Vallière (Duc de) — Massé (J. B.) — Turenne (P^ce^ de). Sept pièces. Très belles épreuves.

35. La Fontaine enchantée de la Vérité d'Amour, par St Aubin et Macret. Deux belles épreuves, une à *l'état d'eau-forte*.

COSTUMES

36. Gallerie des Modes et Costumes Français, dessinés d'après nature. *Gravés par les plus célèbres*

N° 15 du Catalogue.

artistes en ce genre, et coloriés avec le plus grand soin par Madame Le Beau. OUVRAGE *commencé en l'année 1778* — A PARIS, *chez les S*[rs] *Esnauts et Rapilly* — Frontispice, introduction, explication des planches du 1er volume, privilège et planches 1 à 96 (manque la pl. 21), soit 95 pièces. Très bel exemplaire, reliure du temps. Les épreuves, *coloriées*, sont très fraîches.

36 *bis*. GALLERIE DES MODES ET COSTUMES FRANÇAIS... Recueil de 141 planches, comprenant de cet important ouvrage, les planches 37 à 43, 45 à 50, 52 à 54, 56 à 80, 82 à 87, 89 à 97, 103 à 120, 123 à 126, 134 à 138, 157 à 168 et 175 à 186.

Il se trouve compris dans ce recueil de 141 pl., les planches 8 à 18 de la *Collection d'habillements modernes et galants* (chez Basset), ainsi que 16 planches des *Costume de Théâtre* et *Costumes de la Parure et Amusements des Dames Françoise*. Très bel exemplaire (cassures à deux planches), dérelié. Les épreuves, *coloriées*, sont fraîches,

36 *ter*. COLLECTION D'HABILLEMENTS MODERNES ET GALANTS, AVEC LES HABILLEMENTS DES PRINCES ET SEIGNEURS (chez Basset), planches 1 à 8 (la planche 2 représente la Reine Marie-Antoinette), et 10 à 36, soit 35 pièces en 1 recueil cart. Belles épreuves, *coloriées*.

37. *Représentation de l'ancien habillement de Strasbourg* — Chez F. A. Haussler — Titre et 28 pl. par Fonbonne, Folkema, etc., en cahier. Rare.

38. *Cris et Costumes de Paris* : Le Marchand d'orviétan — La Marchande de bouquets — La Marchande d'oranges, 3 pl. rares, par Guyot, *imp. en couleurs*. Bonnes épreuves.

39. Feuilles de Modes et mobiliers, 37 pl. en cahier, *coloriées*. Belles épreuves.

DANSE

40. La Valse — A droite sur les côtés — L'Été — L'Anglaise — Le Pantalon — Le Moulinet. Six pièces par Lebas, d'apr. Eug. Lami. Belles épr., *coloriées.*

DAULLÉ (J.)

41. Saint-Simon (Cl. de), d'apr. H. Rigaud. Très belle épreuve (doublée).

DEBUCOURT (P. L.)

42. Jouis, tendre mère (M. F. 58). Très belle épreuve, *avant la lettre, imp. en couleurs.*

DEMARTEAU (G.)

43. Femme en buste, d'après Fredou? (n° 422). Belle épreuve, tirée en 2 tons.

DEMONCHY

44. Le Repos agréable — La Bergère couronnée. Deux pièces d'apr. B. Lang, se faisant pendants. Belles épreuves.

DESHAYS (d'après)

45. Erigone vaincue, par P. C. Levesque. Superbe épreuve, *avant la lettre.*

DICKINSON (W.)

46. Sir Anthony Van Dyck, d'apr. Rubens, 1780. Belle épreuve.

DREVET (Pierre)

47. Lambert (Mme Nicolas), d'apr. N. de Largillierre (D. 81). Belle épreuve.

48. Motteville (Hélène Lambert, Mme de), d'apr. N. de Largillierre (98). Belle épreuve.

DREVET (P. I.)

49. Le Couvreur (Adrienne), d'apr. Ch. Coypel (D. 24). Très belle épreuve (quelques piqûres).

DREVET (Claude)

50. Le Bret (Mme), en Cérès, d'apr. H. Rigaud (9). Très belle épreuve.

DROUAIS (d'après F. H.)

51. Les Bulles de savon, par M. L. A. Boizot. Très belle épreuve.

52. Les Enfants du Duc de Béthune — Les Enfants du Prince de Turenne. Deux pièces par Beauvarlet et Melini, se faisant pendants. Belles épreuves.

EARLOM (Richard)

53. *An Iron Forge*, d'apr. J. Wright, 1778. Très belle épreuve *avant la lettre*.

54. Wharton (Mlle de), d'apr. P. Lely, 1776. Superbe épreuve.

55. *Liber veritatis or a collection of printes after the Original designs of Claude le Lorrain*.... London, Colnaghi, s. d. — 300 pl. en 3 vol. in-fol. dem. rel. Bel exemplaire de la réimpression (inscriptions à la plume sur 3 épreuves et 1 feuillet blanc).

ECOLE ANGLAISE

56. Jeune Femme assise (d'apr. Hayter?) Très belle épreuve, *avant toute lettre*, légèrement *rehaussée.*

57. Sujets d'Enfants. Deux petites pièces de forme ovale, se faisant pendants. Très belles épreuves, *tirées en bistre* (sans marges).

ESTAMPES JAPONAISES

HARUNOBOU (Suzuki)

58. Combat de Coqs. Rare.

59. Gros homme entrant dans l'eau, suivi d'une femme.

HIROSCHIGÉ

60. La Pluie. Belle pièce.

61. La Neige. Belle pièce.

62. Coquillages et poisson.

63. Le Versant de montagne sous la neige.

HOK'SAÏ

64. Personnage élevant un vase qu'il peint.

65. Jeunes Femmes dans un paysage, en procession.

66. Trois Femmes dans un paysage, vaquant à divers travaux.

67. Nature morte. Belle pièce.

68. Nature morte : divers objets sur un plateau.

69. Paysage aux deux faisans, Sourimono.

70. Deux pêcheuses et enfant, Sourimono.

71. Deux Femmes jouant avec un singe.

72. Femme lisant dans un volumen tenu par une souris et un singe. Sourimono.

KITAO-MASA-YOSHI

73. Oiseau roux se disposant à quitter un cerisier en fleurs.

74. Deux oiseaux sur un gros arbre à graines.

75. Deux oiseaux sur une branche de pin.

76. Oiseau perché sur une fleur d'eau.

77. Trois personnages chinois au bord de la mer.

78. Personnage chinois tenant un bouc en laisse.

KIYONAGA (Torii)

79. Deux Femmes lisant et homme assis contre une balustrade.

80. Le Coup de vent. Belle pièce.

KORIUSAI (Isoda)

81. Femme et jeune Fille en promenade.

82. Autre composition du même sujet.

OUTAMARO

83. Femme à l'éventail se retournant vers un enfant assis à ses pieds.

84. Les deux Femmes et l'Enfant à qui on présente une fleur.

N° 58 du Catalogue.

85. Femme tenant un mouchoir entre ses dents.

86. Quatre Femmes et un Homme, dans un jardin, chassant aux papillons.

87. Cinq Femmes sur une terrasse.

88. Cinq Femmes au bord d'un cours d'eau, conversant.

89. Femme assise tenant un éventail, sourimono.

SESSHAÏ

90. Oiseaux divers, 2 titres et 60 grandes AQUARELLES montées.

TEÏSAI

91. Femme conversant avec un homme portant un enfant sur ses épaules.

92. Album japonais, format grand in-4°, comprenant 67 planches (sujets).

FRAGONARD (d'après H.)

93. Le Baiser à la dérobée, par N. F. Regnault. Très belle épreuve, *avant toute lettre*, seulement le nom du graveur tracé à la pointe (quelques piqûres).

94. La même estampe. Bonne épreuve.

95. L'Escarpolette, par N. De Launay. Superbe épreuve de la *planche carrée* (très légère restauration).

96. Dites donc, s'il vous plaît — Le Petit prédicateur. Deux pièces par N. De Launay, se faisant pendants. Belles épreuves (petite cassure à 1 pl.).

97. Le Gascon puni, par Halbou — Le Savetier, par Dambrun — Le Magnifique — Le Mari confes-

N° 107 du Catalogue.

seur, par Tilliard — A Femme avare... par Aliamet — Le Calendrier des vieillards, par Dambrun. Six pièces. Très belles et fort rares épreuves à l'*état d'eau-forte*, avec retouches et lavées d'encre de chine (par Fragonard ?).

FREUDEBERG (d'après S.)

98. La Promenade du soir, par Ingouf le jeune. Superbe épreuve *avant le n°*.

99. La Promenade du soir — La Soirée d'hiver. Deux pièces par Ingouf le jeune (manquent de conservation).

100. La Visite inattendue — La Promenade du Soir — Le Boudoir — L'Occupation — Les Confidences — Le Lever. Six pièces gravées à la manière noire. Très belles épreuves.

GÉRARD (d'après Mlle)

101. Dors mon Enfant — Les premières Carresses du Jour. Deux pièces par H. Gérard, se faisant pendants (manquent de conservatlon).

HOIN (d'après C.)

102. La Tendre amitié — L'Ecueil de la sagesse. Deux pièces par Demonchy, se faisant pendants (Tirage de Marel).

HUET (d'après J. B.)

103. L'Été, par G. Demarteau. Très belle épreuve *imp. en couleurs* (sans marges).

104. Le Coq secouru — La Chèvre favorite. Deux pièces par Bonnet, se faisant pendants. Belles épreuves, *imp. en couleurs* (sans marges).

ISABEY (d'après J. B.)

105. Marie-Louise, par J. Mécou. Très belle épreuve.

106. La Reine Hortense tenant une lyre, par Monsaldy. Superbe et très rare épreuve, *imp. en couleurs*, toutes marges.

JANINET (J. F.)

107. La Compagne de Pomone — La Réunion des plaisirs. Deux pièces d'après Le Clerc, se faisant pendants. Belles et très rares épreuves du 1er état, *avant toute lettre, imp. en couleurs.*

108. La Noce de village, d'apr. Wille fils. Epreuve *imp. en couleurs* (rognée).

109. Tête de jeune Femme, d'apr. Suvé. Très belle épreuve *tirée à l'imitation du pastel.*

110. Le Brave Crillon, d'après Le Barbier. Très belle épreuve, *avant la lettre, imp. en couleurs.*
On y a joint une épreuve avec la lettre.

JOULLAIN (F.)

111. Desportes (F.), en habit de chasse, d'apr. lui même. Belle épreuve.

LAGRENÉE (d'après L.)

112. Les Amours enchaînés par les Grâces — Les Grâces lutinées par les Amours. Deux pièces par L. S. Lempereur, se faisant pendants. Belles épreuves.

LA JOUE (J. de)

113. Les Eléments, grands trophées. Suite complète de 4 pl. par Basan. Belles épreuves.

LANCRET (d'après N.)

114. Le Matin, par N. de Larmessin (49). Belle épreuve.

115. Nicaise, par G. F. Schmidt (53). Très belle épreuve.

116. L'Enfance (28) — La Vieillesse (86). Deux pièces par N. de Larmessin (manquent de conservation).

117. Le Matin — Le Midi — Le Soir. Trois pièces par N. De Larmessin. Bonnes épreuves.

LARGILLIERRE (d'après N. de)

118. Largillierre (N. de), par C. Dupin, d'apr. Guelain. Très belle épreuve.

119. Bourdaloue (Cl. de), par N. Pitau. Belle épreuve du 1er état.

120. Oudry (J. B.), par J. Tardieu. Très belle épreuve.

LARMESSIN (N. de)

121. Marie (Leczinska), Psse de Pologne, Reine de France, d'apr. Vanloo (D. 1057). Très belle épreuve (petite cassure).

LA TOUR (d'après M. Q. de)

122. Restout (Jean), par P. E. Moitte. Très belle épreuve.

LAURENCE (d'après Sir Th.)

123. Dover et H. Agar Ellis (Lady), par S. Cousins (A. Whitman 52). Très belle épreuve du 4e état (sur 7), *avant le changement dans l'adresse* (quelques restaurations).

124. Lampton (Master), par S. Cousins (98). Belle épreuve, *avant* la retouche et *avant* le changement dans la lettre.

125. Lady Peel, par Samuel Cousins, 1832. (124). Très belle épreuve, *avec le titre en lettres penchées* (piqûres).

126. Miss Peel, par Samuel Cousins, 1833. (125). Très belle épreuve (petites piqûres).

127. *A Portrait* (Enfant à mi-corps), par F. C. Lewis. Belle épreuve, légèrement *rehaussée*. Rare.

128. Miss Siddons dans le rôle de La Vallière, par F. C. Lewis. Très belle épreuve *avant la lettre*, légèrement *rehaussée*.

129. Miss Suzan Bloxam, par F. C. Lewis. Très belle épreuve *avant la lettre*, légèrement *rehaussée*.

130. Duchess of Devonshire, par F. C. Lewis. Très belle épreuve *avant la lettre*, légèrement *rehaussée*. Rare.

131. Miss Bloxam, par F. C. Lewis. Très belle épreuve, légèrement *rehaussée*.

132. Miss Wolff, par F. C. Lewis. Belle épreuve, *avant la lettre*, légèrement *rehaussée*.

LAVREINCE (d'après Nic.)

133. L'Aveu difficile, par F. Janinet (8). Belle épreuve, *imp. en couleurs*, marges (petite restauration, quelques mouillures et épidermures).

134. Le Billet doux — Qu'en dit l'Abbé? Deux pièces par N. De Launay, se faisant pendants. Belles épreuves.

135. Les mêmes estampes. Epreuves de tirage postérieur (quelques cassures).

136. Le Billet doux, par N. De Launay (10), épreuve sans marges (manque de conservation),

137. La Consolation de l'absence, par N. De Launay (14). Belle épreuve.

138. La Marchande à la toilette, par Vidal (37). Belle épreuve.

LE PRINCE (J. B.)

139. La Cuisine d'été — L'Art de plaire — L'Ouïe — L'Hiver — Tête de Servante Finoise — Cinq pièces. Très belles épreuves (la dernière par Bonnet, sur papier bleuté, avec rehauts de blanc).

140. La Cascade — Les Pêcheurs — Le Cabaret de Moskou — Vue des Environs de Nerva. Quatre pièces. Belles épreuves tirées en bistre (deux *avant la lettre*).

141. Le Bonheur du Ménage, par N. De Launay. Belle épreuve.

142. La Lettre envoyée, par N. De Launay — Le Réveil des Enfants, par Tilliard. Deux pièces. Belles épreuves.

MIGER (S. C.)

143. Le Charlatan — Le Conducteur d'ours. Deux pièces, d'apr. Touzé, se faisant pendants. Très belles épreuves.

MONNET (d'après C.)

144. Les Baigneuses surprises — Salmacis et Hermaphrodite. Deux pièces, par G. Vidal, se faisant pendants. Belles épreuves.

145. Vénus et Adonis — Renaud et Armide. Deux pièces par G. Vidal, se faisant pendants. Belles épreuves.

N° 126 du Catalogue.

250

MOREAU LE JEUNE (J. M.)

146. Le Bal masqué (E. B. 200). Très belle et très rare épreuve du 1er état, à l'eau-forte pure.

147. La Sortie de l'Opéra, par Malbeste. Très belle épreuve (petites marges).

148. Déclaration de la Grossesse, par Martini — L'Accord parfait, par Helman. Deux pièces. Bonnes épreuves.

149. Au Roi (Louis XVI, médaillon dans une composition allégorique), par N. Le Mire. Très belle épreuve.

150. Henri IV chez le Meunier, par J. B. Simonet. Très belle épreuve *avant la lettre*.

MORLAND (d'après G.)

151. Boys robbing... — Boys Katting, etc. Trois pièces par Bartolotti et Levilly, formant série. Belles épreuves tirées en bistre (sans marges).

MORLAND et SINGLETON (d'après)

152. La Porte de la Ferme — Le Départ au Marché — Le Retour du Marché. Trois pièces par Levilly. Bonnes épreuves.

MORRET (J. B.)

153. Louis d'Assas, d'apr. Guy de Brie. Très belle épr., *imp. en couleurs*.

NÉE et MASQUELIER

154. Les Garants de la Félicité publique, d'apr. St Quentin. Belle et rare épreuve *avant la lettre*.

ORNEMENTS

155. Recueil factice ancien, de 66 planches de Boucher fils et de J. Ch. Delafosse (les 29e, 32e, 33e, 34e, 35e et 36e cahiers de Delafosse sont complets).

PENNY (d'après Ed.)

156. *I Saw a Smith stand whit his Hammer...* par R. Earlom, 1771. Très belle épreuve.

PETERS (d'après W.)

157. *A Sclavonian Lady*, par J. R. Smith, 1776. Très belle épreuve. Rare.

PORTRAITS

158. Anguier (Mich.), par L. Cars, d'apr. Revel — Bouchardon (E.), par Beauvarlet, d'apr. Drouais — Boullongne (Bon et Louis de), par J. M. Tardieu et F. Chereau, d'apr. Allou et L. de Boullongne — Colin de Vermont, par M. S. Carmona, d'apr. Roslin. Cinq pièces, la plupart en très belles épreuves.

159. Coustou (N.), par C. Dupuis, d'apr. Le Gros — Coypel (N.), par J. Audran — De Troy (F. et J. B. F.), par Poilly et N. De Launay, d'apr. F. de Troy et Aved — Girardon (F.), par Duchange, d'apr. Rigaud. Belles épreuves.

160. Hallé (Cl.), par Larmessin, d'apr. Le Gros — Jeaurat (Et.). par Lempereur, d'apr. Roslin — La Fosse (Ch. de), par Duchange, d'apr. Rigaud — Le Lorrain (R.), par J. N. Tardieu, d'apr. Nonotte Quatre pièces. Belles épreuves.

QUEVERDO (d'après F. M.)

161. Le Couché de la Mariée — Le Levé de la Mariée. Deux pièces par Patas et Dambrun, se faisant pendants. Belles épreuves à grandes marges.

162. Céphise surprise près du bain — L'Occasion favorable. Deux pièces par Duhamel, se faisant pendants. Belles épreuves (petites cassures).

RÉVOLUTION (Estampes relatives à la)

163. Le Nouveau Calvaire (Louis XVI en croix), chez *Webert* — Le 5 Avril l'an 4me de la Liberté. Deux pièces. Belles épreuves.

REYNOLDS (d'après Sir Joshua)

164. Sir Jeffery Amherst, par J. Watson. Très belle épreuve (doublée).

165. Miss Penelope Bootby, par T. Kirk. Très belle épreuve.

166. Miss Bosville, par J. Watson. Superbe épreuve, *tirée en bistre* (très légère épidermure).

ROWLANDSON

167. La Place du Marché à Fey ge Dam? In-fol. Belle épreuve, *coloriée* (sans marge, petite tache). Rare.

SAINT-AUBIN (Aug. de)

168. Lse Emilie Baronne de *** (Mme de St Aubin) (E. B. 7). Très belle épreuve.

169. Dernière heure de la Bne de Rebecque. Très belle épreuve. Rare.

170\. Au moins soyez discret — Comptez sur mon Sermens. Deux pièces se faisant pendants. Epreuves de la réimpression (déchirure à 1 pl.).

N° 3 du Catalogue.

400

SCHALL (d'après F.)

171\. Le Premier baiser de l'Amour, par A. Le Grand. Superbe épreuve, *avec la lettre grise.*

SCHMIDT (G. F.)

172. Mignard (P.), d'apr. H. Rigaud. Très belle épreuve.

SERGENT-MARCEAU (A. F.)

173. Poussin (N.) — Jouvenet (J.) — Fontenelle — Duquesne — Tourville — Coligny. Six pièces. Belles épreuves, *imp. en couleurs.*

TARDIEU (Nicolas)

174. Pardaillan de Gondrin (L. A. de), d'apr. H. Rigaud. Superbe épreuve.

TASSAERT (J. J. F.)

175. Corday (Charlotte), d'apr. Hauer. Belle épreuve *à la tablette blanche.*

WATSON (James)

176. *The Musical Lady*, d'après Metzu, 1777. Très belle épreuve.

177. *The Female Correspondent*, d'après Metzu, 1771. Très belle épreuve.

WATSON (Thomas)

178. *Lord Apsley and his Brother*, d'après N. Dance, 1776. Très belle épreuve.

VERNET (d'après Carle)

179. Napoléon Ier, portrait équestre, grand in-fol. (par Levachez ?). Belle épreuve, *avant toute lettre.* Encadrée.

WATTEAU (d'après Ant.)

180. L'Accord parfait, par Baron (97). Epreuve manquant de conservation.

181. *Voulez-vous triompher des Belles*, par Thomassin (179). Très belle épreuve (piqûres).

182. Le Dénicheur de Moineaux, par F. Boucher (270). Belle épreuve.

183. Têtes et Figures de fantaisie, 33 pl. (plusieurs imp. sur la même feuille), par Boucher, Audran, Caylus, etc. Très belles épreuves.

WILLE (d'après P. A.)

184. L'Essai du corset, par Dennel. Belle épreuve à grandes marges.

WILLE (J. G.)

185. La Cuisinière hollandaise, d'apr. Metzu (67) — Parrocel (J.), d'apr. H. Rigaud (128) — Frédéric II, roi de Prusse (151). Trois pièces. Belles épreuves.

186. Les Soins Maternels, d'apr. P. A. Wille. Très belle et rare épreuve *avant toute lettre*.

187. Foucquet de Belle-Isle (C. L. A.), d'apr. H. Rigaud (Le Bl. 120). Belle épreuve.

188. Les Délices maternelles, d'apr. Wille fils. Très belle épreuve.

IMPRIMERIE

FRAZIER-SOYE

153-155-157, Rue Montmartre

PARIS

www.ingramcontent.com/pod-product-compliance
Ingram Content Group UK Ltd.
Pitfield, Milton Keynes, MK11 3LW, UK
UKHW022142260726
13993UKWH00005B/2108